Сахир идёт к зубному врачу

Sahir Goes to the Dentist

by Chris Petty

Russian translation by Dr. Lydia Buravova

mantra lingua

D1379618

«Папа, когда у меня, наконец, выпадет этот зуб?» - простонал Сахир.
«Всему своё время», - ответил папа.
«Ну, сколько можно ждать!» - вздохнул Сахир.

"Dad, when will this tooth come out?" groaned Sahir.
"When it's ready," replied Dad.
"Aww! It's been ages," sighed Sahir.

Ждать пришлось недолго. Как только Сахир надкусил бутерброд, зуб выпал.
«Эй, папа, посмотри-ка, теперь я похож на него», - гордо сказал Сахир.
«У *тебя*, по крайней мере, вырастет новый зуб», - улыбаясь, сказал папа.

He didn't have to wait long. Just as he bit into his sandwich, out
came his tooth.
"Hey Dad, I look just like him now," said Sahir proudly.
"Well at least *you* will grow a new tooth," said Dad, with a smile.

«Надо сходить к зубному врачу, чтобы проверить, как растут у тебя зубы», - сказал папа и позвонил зубному врачу, чтобы записаться на приём.

"We should go to the dentist to make sure your new teeth are coming through OK," said Dad and he phoned the dentist for an appointment.

Когда Сахир ложился спать, он положил зуб под подушку.

At bedtime Sahir put his tooth under the pillow.

На следующее утро под подушкой он нашёл блестящую монету. «Представляете? Приходила фея и положила вместо зуба монетку, - воскликнул Сахир. – Папа, положи монетку в надёжное место!»

The next morning he found a shiny coin. "Guess what? The tooth fairy came," Sahir shouted. "Can you look after this, Dad?"

«На эти деньги я куплю большую плитку шоколада», - сказал он.

"I'm going to buy a big bar of chocolate," he said.

На следующий день Сахир и Жазмин вместе с папой пошли к зубному врачу.

The next day Sahir, Yasmin and Dad all went to the dentist.

Они сидели в приемной и ждали
пока врач освободится.

They sat in the waiting-room until
the dentist was ready.

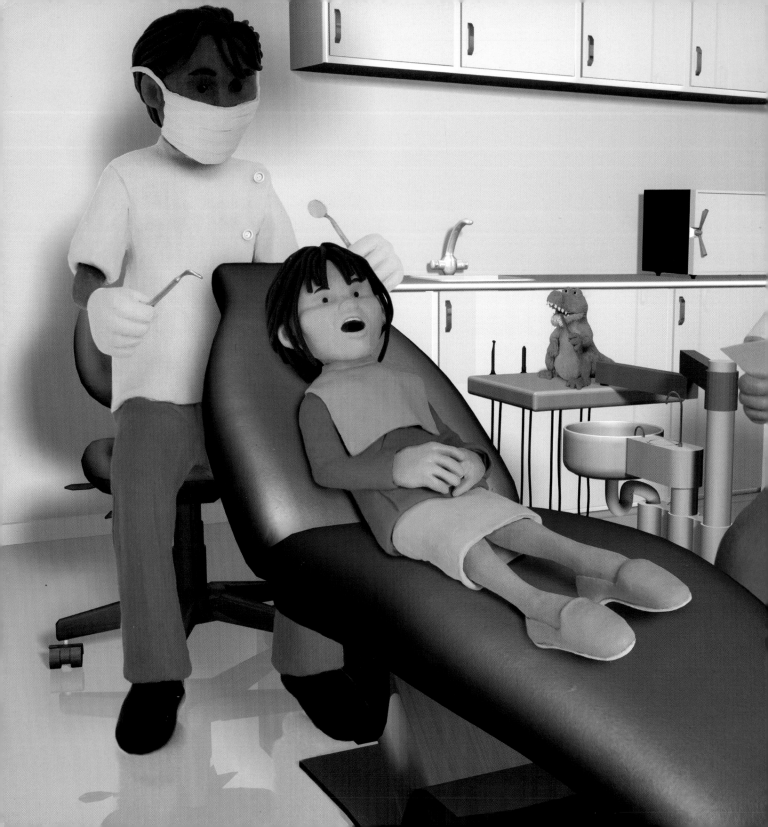

Подошла очередь Жазмин. Зубной врач надел перчатки и маску. Он взял зеркальце для осмотра зубов. Он опустил зубоврачебное кресло и осмотрел у Жазмин зубы, в то время как медсестра заполняла медицинскую карту.

It was Yasmin's turn first. The dentist put on gloves and a mask. He picked up a small mirror to examine her teeth.
He tilted the chair backwards and checked her teeth while the nurse took notes.

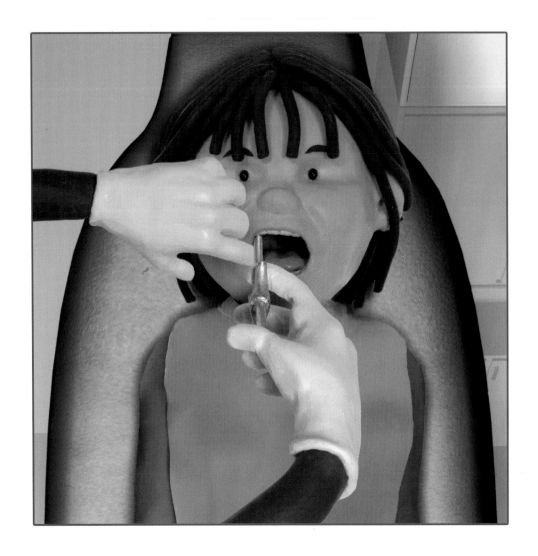

В коренном зубе у Жазмин зубной врач заметил отверстие. «Сюда придётся поставить маленькую пломбу, - сказал он. – Я сделаю тебе в десну обезболивающий укол».

The dentist noticed a hole in one of Yasmin's back teeth. "We'll need to put a small filling in there," he said. "I'm going to give you an injection to numb your gum so that it won't hurt."

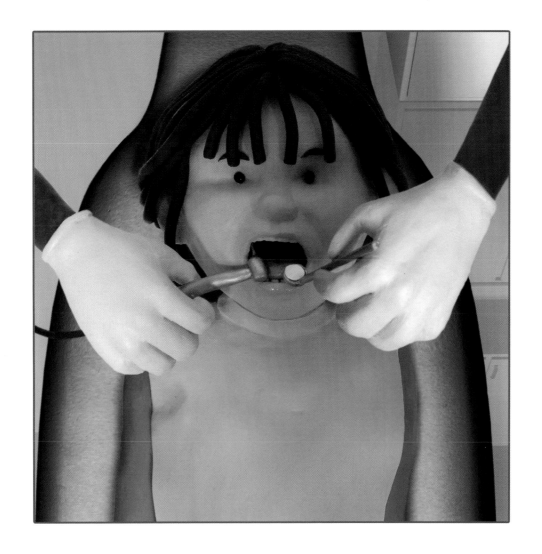

Затем зубной врач начал сверлить чтобы почистить зуб.

Then the dentist removed the bad part of the tooth with his drill.

Медсестра вставила в рот Жазмин трубку для отсоса слюны. Трубка шумно свистела.

The nurse kept Yasmin's mouth dry using a suction tube.
It made a noisy gurgling sound.

Медсестра сделала специальный раствор для пломбы и подала его зубному врачу.

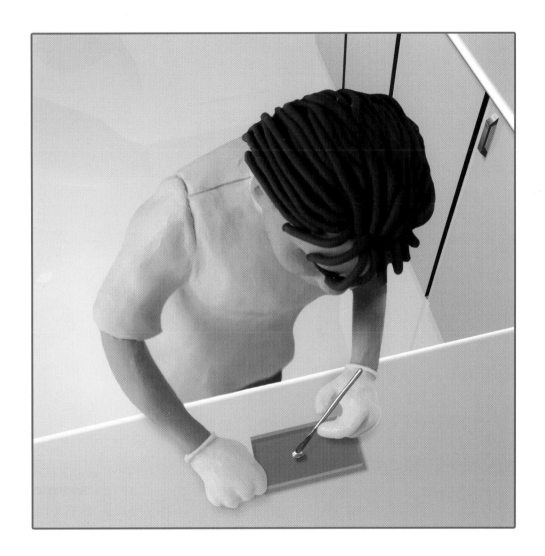

The nurse mixed up a special paste and gave it to the dentist.

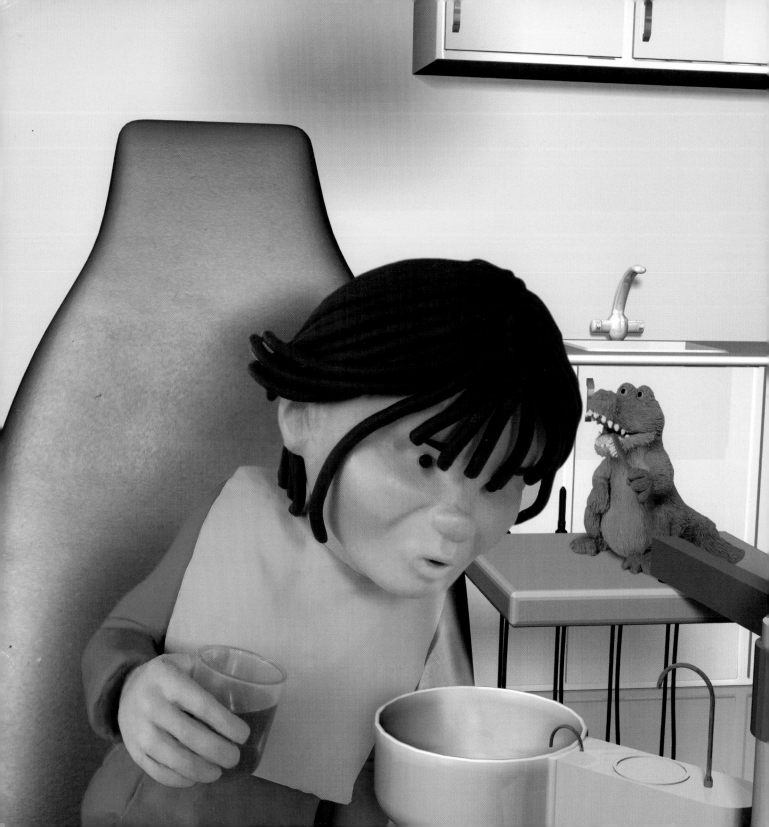

Зубной врач тщательно запломбировал зуб. «Вот и всё», - сказал он. Жазмин прополоскала рот над специальной раковиной.

до того, как поставлена пломба 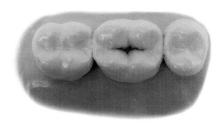 before filling

после того, как поставлена пломба  after filling

The dentist carefully filled the hole. "There you are, all done," he said. Yasmin rinsed out her mouth and spat into a special basin.

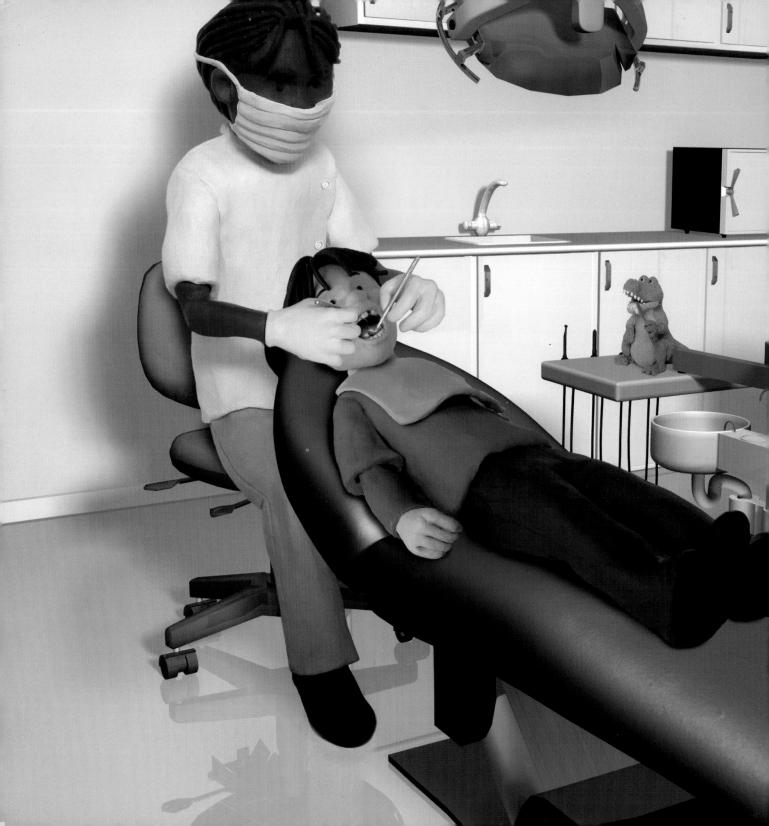

Следующим был Сахир.
Зубной врач осмотрел зубы Сахира.
«Отлично. Всё в порядке, - сказал
он. – Но видно, что у тебя режутся
новые зубы».

It was Sahir's turn next.
The dentist examined Sahir's teeth.
"Good. I can't see any holes," he said.
"But I see you have new teeth coming
through."

«Мы сделаем шаблон твоих зубов, чтобы лучше увидеть, как у тебя режутся зубы. Вот шаблон, который мы сделали для одной девочки».

"We will make a model of your teeth so we can see more clearly how your teeth are coming through. Here's a model we made for a young girl."

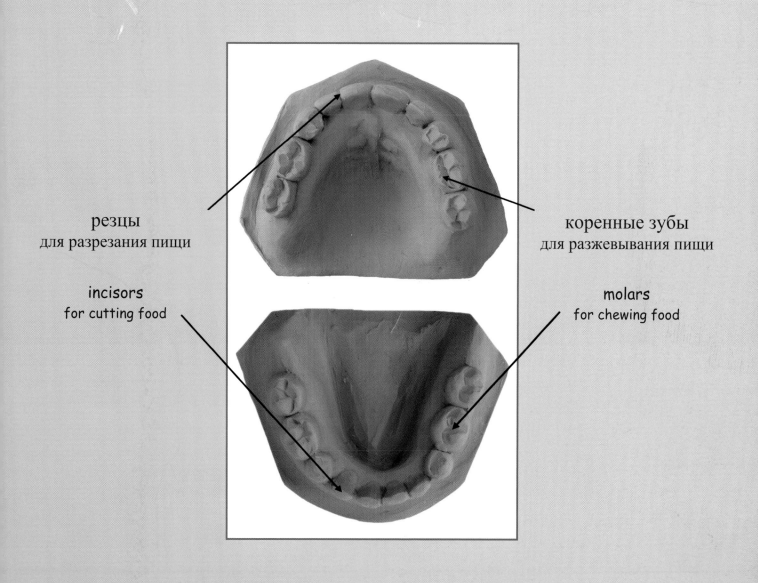

резцы
для разрезания пищи

incisors
for cutting food

коренные зубы
для разжевывания пищи

molars
for chewing food

«Открой рот», - сказал он и наложил на верхние зубы Сахира маленькую пластину с вязким, цветным веществом. «А теперь плотно закрой рот, мы должны снять слепок».
Затем он вынул её изо рта Сахира.

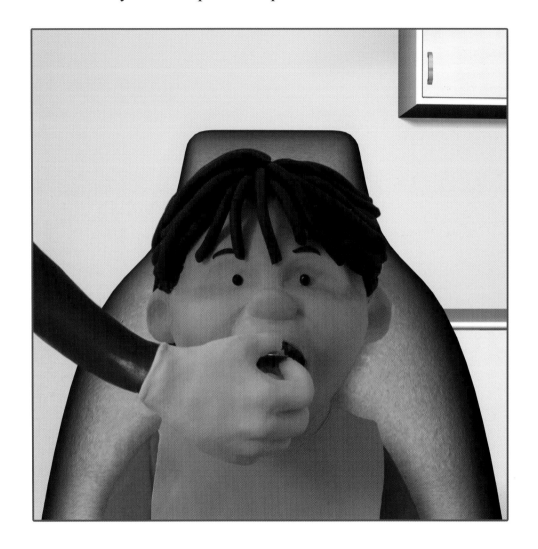

"Open wide," he said, and put a small tray filled with a gooey coloured dough over Sahir's top teeth. "Now bite down hard so that it sets." Then he removed it from Sahir's mouth.

Зубной врач показал Сахиру получившийся слепок. «Мы отошлём его в лабораторию, там его зальют гипсом и сделают шаблон», - сказал зубной врач.

The dentist showed Sahir the finished mould. "We send this to a laboratory where they pour in plaster to make the model," said the dentist.

После этого Жазмин и Сахир пошли в другой кабинет.
«Давайте-ка посмотрим как вы чистите зубы», - сказала медсестра,
подавая зубную щётку.

Next Yasmin and Sahir went to see the hygienist.
"Let's see how you brush your teeth," she said, handing Sahir a toothbrush.

Сахир почистил зубы, и медсестра дала ему пожевать розовую таблетку.
«На зубах в местах, где ты плохо почистил, появятся тёмно-розовые пятна».

When Sahir had finished, the hygienist gave him a pink tablet to chew.
"All the places you missed with your toothbrush will show up as dark pink patches on your teeth."

Медсестра показала детям, как правильно чистить зубы
на огромном макете зубов.
«Вот это да! Они такие огромные, как у динозавра»,
- восхитился Сахир.

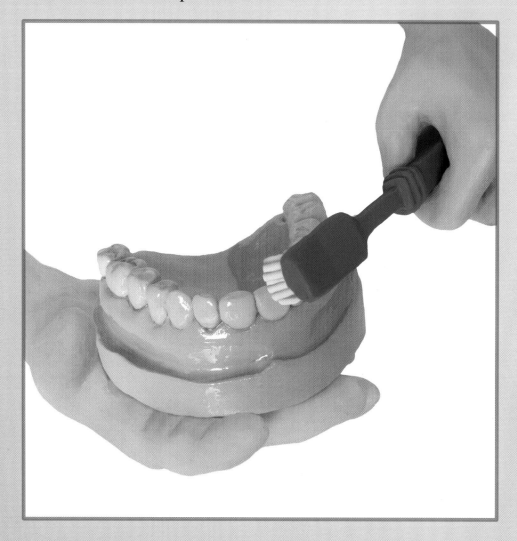

She showed the children the proper way to brush on a giant set of teeth.
"Wow, they're as big as dinosaurs' teeth," gasped Sahir.

«Зубы надо чистить движением щётки вверх и вниз.
Потом надо почистить каждую сторону, начиная
спереди и двигаясь назад», - сказала медсестра.

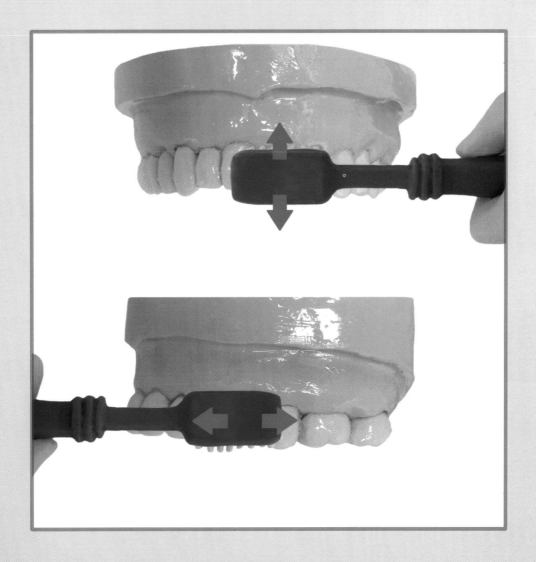

"You need to brush your teeth up and down. Then brush each side
from front to back," the hygienist said.

Она показала детям плакат. «Эти маленькие злодеи называются бактериями, они вредят зубам», - сказала медсестра. «Они поглощают сахар и выделяют кислоту, - сказала она. – От этого в зубах могут возникнуть отверстия». «Фу!» - сказал Сахир.

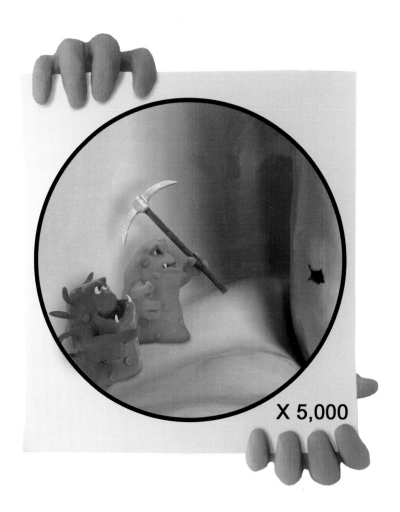

X 5,000

She showed the children a poster. "These tiny bad guys are called bacteria and attack our teeth," said the hygienist. "They gobble up sugar and produce acid," she said. "This can make holes in your teeth."
"Yuck!" said Sahir.

«Они живут на зубах в липком налёте. На твоих зубах он окрасился в розовый цвет. Плохие бактерии любят сладкое и липкое», - сказала медсестра.

X 5,000

"They live in a sticky layer covering our teeth called plaque. This was shown up as pink on your teeth. The bad bacteria love sweet sticky foods," said the hygienist.

«Старайтесь не есть много сладкого», - сказала медсестра.

"So try and eat less sugar," said the hygienist.

Она дала им обоим по наклейке. «Это за то, что вы хорошо вели себя. Если вы будете ухаживать за зубами, как я вам показала, зубы у вас всегда будут здоровыми».

She gave them both a sticker. "This is for being so good. And if you look after your teeth, like I've shown you, your teeth will always be healthy."

I'M FIGHTING BACK AGAINST BACTERIA IN PLAQUE

Когда они вышли из зубной поликлиники, Сахир попросил у папы деньги, подаренные ему феей.

«А-аа, - сказал папа. – Ты хочешь купить большую плитку шоколада».

«Что ты, папа! - сказал Сахир. – Я хочу купить... зубную щётку самой последней модели!»

As they left the surgery, Sahir asked Dad for the money the tooth fairy gave him.

"Ahh," said Dad. "You want to buy that big bar of chocolate."

"No way Dad!" said Sahir. "I want to buy... a brand new toothbrush!"